Das Leben des Björn

Björn Lukas

Das Leben des Biom

(Bjorn Lukas)

Das Leben des Björn

Björn Lukas

Bibliografische Information der Deutschen Nationalbibliothek:
Die Deutsche Nationalbibliothek verzeichnet diese Publikation in
der Deutschen Nationalbibliografie; detaillierte bibliografische
Daten sind im Internet über http://dnb.dnb.de abrufbar.

Fotos/Zeichnungen/Cover:
Pixabay / Seite 47, 104, 106 Björn Lukas

Herstellung und Verlag:
BoD – Books on Demand, Norderstedt

ISBN: 978-3-7534-6458-9

Inhaltsverzeichnis

Liebe, Lieber, Liebes Leser,

ich wünsche euch gute Unterhaltung
mit diesem Buch.

Ich habe dieses Buch herausgegeben,
da ich **B**jörns **B**etrachtungen auf einer
beliebten Plattform in den sozialen
Medien gefunden und kopiert habe.

Er weiß es noch nicht.

Jetzt erwarte ich einen jahrelangen
Rechtsstreit um die Urheberrechte.

Das wird teuer.

Daher bitte ich euch, dieses Büchlein
zu erwerben und weiter zu empfehlen,
damit ich die Anwälte bezahlen kann.

Das sind schließlich auch
nur Menschen.

Ein Freund

Die Atom-Test-Insel (12.02.2019)

Ich habe mir heute auf dem Weg zu meiner Baustelle in Leipzig bei einer Rast, wie immer, einen Kaffee gegönnt. Während der Wartezeit warf ich einen Blick auf die ausgelegte BILD.
Schlagzeile oben links:
"Hungrige Eisbären jagen Menschen auf Atom-Test-Insel".
Da dachte ich mir, boah, mit denen wolltest du jetzt aber nicht tauschen, also nicht mit den Menschen, weil die leben ja auf einer Atom-Test-Insel und werden von Eisbären gejagt, mit den Eisbären aber auch nicht, die leben ja auch auf einer Atom-Test-Insel und haben Hunger. Diese Schlagzeile hat mir wirklich gut über den Tag geholfen, weil ich immer wieder grinsen musste, wenn ich daran gedacht habe. Wieder zu Hause angekommen, erzählte ich meiner Frau von der Schlagzeile und dass das mein persönliches Highlight des Tages ist. Dachte ich. Im Hintergrund liefen Nachrichten. Ein weiterer Bericht über die Workshops der CDU und Frau AKK. Sofort dachte ich daran, dass Sie hierbei auch ihre Pateikollegen Sozialdemokraten genannt hat.

Auch ein Highlight für mich, von dem ich glaubte, dass es schwer zu toppen sei. Weit gefehlt. Im Bezug auf die sogenannte Flüchtlingskrise von 2015 sprach Sie davon, dass sich so etwas nicht wiederholen darf. Frau M. ist dafür sicher sehr dankbar. Ihr Lösungsvorschlag: Ein Frühwarnsystem für Flüchtlingswellen. Ich habe mich sofort bei meiner Frau versichert, ob ich das jetzt wirklich gehört habe. Also noch einmal für alle: "FRÜHWARNSYSTEM FÜR FLÜCHTLINGSWELLEN". Ich habe im Zusammenhang mit Naturkatastrophen schon von Frühwarnsystemen für Tsunamis gehört, aber so etwas konnte man bis jetzt nicht zuverlässig entwickeln. Ein Frühwarnsystem für Flüchtlingswellen wäre natürlich innovativ. Jetzt sitze ich hier und denke darüber nach, ob ich einen Brief an AKK schreibe. Bevor ich am Ende auch noch auf einer Atom-Test-Insel lande und von hungrigen Eisbären gejagt werde, schlage ich Ihr vor, eventuell keine Leopard 2 Panzer und anderes modernes Kriegsgerät in Krisengebiete zu verkaufen, um dort Frieden zu schaffen. Das ist zwar nicht so innovativ wie ein "Frühwarnsys-

tem für Flüchtlingswellen", könnte aber die Ursachen lindern.
Ich hoffe das ich mit diesem Post keinen persönlich verletzen werde.
Schon gar nicht die Eisbären auf der Atom-Test-Insel.

Blondinen bevorzugt (25.03.2019)

Mein letztes Lebenszeichen hatte ja durchaus positive Resonanz. Auch wenn mich manche sogenannte Freunde, nennen wir sie Patrick und Thomas, privat verunglimpft haben. Hier noch ein Nachtrag zu meinem Post. Ja, wir sind auch All-inklusive Assis. Aber wir sind nett und rücksichtsvoll. So habe ich beispielsweise bei unserem Bulgarien Urlaub freiwillig, den morgens um 6 Uhr mit unseren Liegen zusammen reservierten Sonnenschirm, an eine Frau mit Säugling übergeben. Am selben Tag habe ich zwei zirka 20-jährigen Blondinen im Playboy-Bikini bereitwillig die freie Liege neben mir überlassen. Ich habe sogar noch darauf hingewiesen, dass mir gegenüber eine weitere Liege frei ist. Weiter habe ich angeboten, dass sie diese hierherziehen können und somit zusammen neben mir liegen können. Das Angebot wurde von den Beiden dankend angenommen. Da soll noch einer sagen ich wäre ein negativer oder gar unsozialer Mensch.

Ich muss aber dazu noch anmerken, dass ich es Gott sei Dank nicht lange ertragen musste, neben diesen jungen, fremden Frauen zu liegen. Meine Frau hat sehr wohl erkannt, wie unangenehm mir die Situation war und hat mich bereits nach wenigen Minuten losgeschickt um Getränke zu holen. Sie opferte sich und begab sich auf meine Liege.

So konnte ich nach meiner Rückkehr zwischen meiner Frau und meiner Tochter liegen. Das ist es, was eine gute Beziehung ausmacht, man merkt, dass sich der Partner aufgrund seiner endlosen Menschlichkeit in eine äußerst unangenehme Situation manövriert und hilft ihm, da wieder heraus zu kommen.

An dieser Stelle noch mal danke Schatz, es war mir eine Lehre.

Urlaub von der Ehe (26.03.2019)

So, nun neigt sich der neunte Tag unseres Urlaubs langsam dem Ende zu. Ich muss sagen, dass ich während der gesamten Zeit kein Fernsehen geschaut habe. Auch die Musik meines MP3 Players habe ich noch nicht gehört. Gut Fernsehen wäre auch schwer. Gibt zwar 50 Programme hier, aber ich verstehe kein Wort. Und irgendwie gewöhnt man sich auch an die Rumba und Salza-Rhythmen im Hintergrund. Zu Hause würde ich wohl nach spätestens einer halben Stunde sagen, dass man doch den Scheiß jetzt bitte mal ausmachen möge, aber hier passt es einfach. Auch die uns prophezeite Ehekrise blieb bis jetzt aus. Man hat mir gesagt, dass wenn man nach so vielen Jahren mal wieder ganz alleine sei und jeden Tag aufeinanderhängt, dann merke man meist, wie wenig man nur noch gemeinsam habe. Ich habe der Person erwidert, dass es doch egal ist, wo man sich gegenseitig ankotzt, Laurenburg oder Punta Cana. Spaß bei Seite. Wir sind uns beide einig, dass wir uns lieber in Punta Cana gegenseitig ankotzen.

Aber wenn das hier die beste Art und Weise ist, seine Ehe auf die Probe zu stellen, dann sollten wir das auch so oft wie möglich tun. So, was heißt nun alleine. Im Alltag sehe ich meine Tochter beispielsweise wochentags erst abends. Unsere Dialoge ähneln sich dann meist erschreckend und das hört sich dann so an.

„Hallo Anna."

„Hallo."

„Wie war die Schule?"

„Cool."

„Nichts besonders passiert?"

„Nö, bin mal oben."

„Alles klar, bis dann."

„Ja, bis dann."

An Wochenenden haben wir dann meist mehr Kontakt. Da sie so ziemlich meinen Humor hat, ist dies oft auch sehr unterhaltsam für alle Anwesenden. Auch unsere Diskussionen, wer denn beispielsweise den anstehenden Kinobesuch zu welchen Anteilen finanziert, sind sehr unterhaltsam. Hier wiederum ist es für mich nicht immer einfach, da sie auch den Igel in der Tasche von mir geerbt hat. Gott sei Dank habe ich ihr gegenüber den Vorteil, ein negatives Ergebnis positiv darzustellen zu können

und das auch glaubhaft zu verkaufen.
Auch haben ihre Androhungen mir gegenüber, mit 18 Jahren auszuziehen, in letzter Zeit nachgelassen. Das liegt wohl auch an der sich wiederholenden Antwort meinerseits, dass ich dies bitte schriftlich wolle. Spaß bei Seite. Ich muss zugeben, dass mir seit neun Tagen, die kleinen Spitzen meiner Tochter ganz schön fehlen. Keiner reibt mir mein Alter unter die Nase, meine grauen Haare, meine altmodische Sicht auf die Dinge. Und ich denke, da werden wir es uns ab dem 01.04. wieder richtig auf die Fresse geben. So. Nun wieder zurück, zur bis jetzt ausgeblieben Ehekrise. Selbstverständlich hat sich auch im Urlaub die grundsätzliche Problematik zwischen meiner Frau und mir nicht in Luft aufgelöst. Wir sind immer einer Meinung, nur nie zur selben Zeit. So gehe ich zum Beispiel jeden Morgen so ca. um 9.30 Uhr für eine Stunde ins Fitness Studio. Das stieß anfangs natürlich nicht auf viel Zustimmung. Wir haben schließlich Urlaub, wenigstens hier könne man doch mal einen Gang zurückschalten. Ich habe Ihr versucht zu erklären, dass die Nahrungsaufnahme im Urlaub, die hier im Übrigen alleine auf-

grund der vertilgten Massen, an Selbst-
zerstörung grenzt, gepaart mit meinem
Bewegungsdrang, seelisch bei mir eine
unheilvolle Allianz eingehen. Wenn ich
da nicht mit wenigstens einer Stunde
Sport gegensteuere, dann fühle ich mich
nicht wohl. Die Gegenargumente meiner
besseren Hälfte: „Wenigstens im Urlaub
mal kürzertreten. Du gefällst mir so wie
du bist." Einigung? Nicht möglich! Meine
still in die Wege geleitete Lösung: Sie
geht mal ein Stündchen schauen, ob es
denn hier eine Möglichkeit gibt, unsere
Urlaubskasse zu schmälern. Ich gehe
trainieren. Wir sehen uns mal eine
Stunde nicht. Aber ich bekomme auch
nicht live mit, wie das sauer verdiente
Geld für Nippes ausgegeben wird. Zur
Vorsorge. Das mit dem Nippes ist natürlich die männliche Sicht der Dinge. Das
sind natürlich bestimmt alles ganz tolle
Sachen, welche man nur hier und sonst
nirgends bekommt, die man immer wieder braucht und anzieht und nicht zu
vergessen, tolle Erinnerungen. Und das
selbst ich hier ein tolles Erinnerungs-
stück erworben habe, werde ich morgen
berichten. Außerdem kann ich noch
zum Besten geben, was ich täglich im
Fitnessraum erlebe.

Aktiv im Urlaub (28.03.2019)

Also das Fitnessstudio ist ja, anders als die Essensbeschaffung, über die ich bereits kurz berichtet habe, evolutionär eher in der jungen Geschichte des Menschen angesiedelt. Meiner Ansicht nach, hat der große Boom dieser Räumlichkeiten, wo es nach Schweiß müffelt und das Testosteron förmlich an der Wand runterläuft, so in den 60'er Jahren begonnen. Als sich ein Mann aus einem Dorf in der Steiermark aufmachte die Welt zu erobern. Er wurde der erfolgreichste in seinem Sport. Ein angesehener, naja sagen wir mal gutverdienender Schauspieler. Er hat in den Kennedy Clan eingeheiratet, was ihm sicherlich sehr dabei half, Gouverneur von Kalifornien zu werden. Was ihn für mich aber auszeichnet, ist nicht nur sein schier unmenschlich erscheinender Erfolg, sondern die Tatsache, dass er nur ein Mensch, oder wie die Frauenwelt sagen würde, ein Mann ist. Das hat er durch die Affäre mit seiner Haushälterin und das dadurch entstandene Kind eindrucksvoll bewiesen. Aber ich schweife ab. Also Fitnessstudio ist ja bekanntlich nicht meine Kernkompetenz, aber ich habe in den vielen Jahren, in denen ich Sport treibe, dass Training schon hier und da mal auf Hanteltraining umgestellt oder umstellen müssen. Das tat ich dann stets nach guter alter Tradition, so wie es mich mein Vater gelehrt hat. Kein Witz. 3 Sätze je 10 Wiederholungen an jedem Gerät. Absolut Oldschool, aber immer noch effektiv. Ich gehe hier jeden Morgen für eine Stunde in das Fitnessstudio. Die Menschen die hier mit mir ihre Freizeit teilen sind wirklich sehr facettenreich. Nein, sind sie eigentlich nicht, es gibt tatsächlich nur 2 Gruppen in einem Urlaubs-Fitnessstudio. Diejenigen, welche Sport treiben und das auch im Urlaub tun, oder Spinner und Pseudo Sportler die stundenlang vorm Spiegel stehen oder Selfies dabei machen. Also während sie sich im Spiegel anschauen. Mein Workout startet immer mit einem 15-minütigem Lauf auf dem Laufband (klingt logisch) bei 9-10 km/h. Hierbei habe ich schon erlebt, wie sich eine Skinny Bitch neben mich aufs Laufband gestellt hat, sich Wasser auf ihr furchtbar geschminktes Antlitz geträufelt hat und dann ein Selfie machte, natürlich mit Duckface.

Hätte ich ihr unvermittelt in den Hintern getreten, hätte sie ihr Gesicht in der Hand gehabt. Und übrigens, den Hintern hätte ich auch nicht verfehlen können. Danach nimmt sie sich eine Matte, legt diese mitten in den Gang und macht Pilates. Nichts gegen Leute die Pilates machen, ist sicher eine gute Sache. Aber die Übung: "Ich positioniere mich so, dass man meine Speckrollen nicht sieht und mache ein Selfie mit Duckface.", existiert sicher nicht. Es gab natürlich auch andere, die sich von dieser fresh and healthy Skinny Bitch gestört fühlten. Es gab aber auch Leute die sich mal eben mit 20 Klimmzügen warm gemacht haben, Herren weit jenseits der 50, die mit über 100 kg Bankdrücken machten und einen eher schmächtig wirkenden jungen Mann, der sich mit zwei Kurzhanteln je 40 kg auf die Schrägbank legte und 3 Sätze mit 12 Wiederholungen rausgehauen hat. Mit solchen Leuten teilt man sich gerne das Gym. Es wird nicht gesprochen, man reicht sich gegenseitig mal ein Gewicht, oder verständigt sich via Zeichensprache an welches Gerät man möchte. Und da gab es dann noch den „Wasserkopf".

Entschuldigung, den Mann mit dem breiten Kopf und den schmalen Schultern. Also die Skinny Bitch ist etwas verärgert nach einigen Minuten gegangen. Es lag wohl mit daran, dass wir uns fast wie abgesprochen aufgemacht hatten und in Ihre Selfies gelatscht sind. Aber Mister Conhead war eisern. Er trug sündhaft teure Funktionsbekleidung, natürlich Arm frei. Da seine Arme denen eines Strichmännchens sehr ähnlich waren, passte es perfekt ins Bild. Ich habe mal gelernt, dass man zwischen den Sätzen maximal 20 bis 30 Sekunden Pause macht und die Muskelgruppen, welche man trainiert etwas lockert. Er stand nach jedem Satz auf, und stolzierte durch das komplette Gym, um immer wieder vor dem Spiegel stehen zu bleiben. Im Schnitt blockierte er ein Gerät für gut und gerne 10 Minuten. Womit wir beim Thema Spiegel sind und warum die in einem Gym, quasi umlaufend montiert sind. Ich denke es geht dabei darum, dass man im Spiegel seine Körperhaltung während der Übung kontrollieren und wenn nötig, korrigieren kann und weniger um zu Posen. Aber das ist meine persönliche, wertfreie Meinung. Es dauerte nicht lange, bis man merkte,

dass dieser Vogel allen das Trainings-
konzept durcheinanderbrachte. Als er
mal wieder vor einem Spiegel stand um
seinen Astralkörper zu betrachten, war
ich persönlich kurz davor, ihm zu sagen:
"Junge, bevor du an dir eine definierte
Muskelgruppe entdeckst, hast du dir
beim anspannen eher einen Knödel in
die Hose gedrückt.". Aber ich möchte ja
niemanden beleidigen. Als ich glaubte er
sei fertig, habe sein Handtuch von der
Drückerbank genommen und habe ihm
dann gesagt er könne seine Spielgewich-
te ruhig drauf lassen, während ich noch
30 kg dazu packte. Das gepaart mit den
genervten Blicken der anderen Sport-
kameraden, hat ihn wohl dazu veran-
lasst, sich mit seinem, nennen wir es
mal Workout nach den anderen zu rich-
ten. Ein bemerkenswertes Erlebnis hatte
ich dann auch noch. Eine Dame, ich
schätze auch in den Fünfzigern, mit einer Frisur, welche aufgrund der Farbe
und Beschaffenheit, auf eine überstan-
dene Krebserkrankung schließen ließ,
kommt regelmäßig ins Gym und begibt
sich aufs Laufband. Dort flitzt sie stets
50 Minuten bei 10 km/h, um danach
noch ein leichtes Gerätetraining zu absolvieren. Da sage ich nur Respekt.

Das steht natürlich im Kontrast zu gleichaltrigen Damen welche, ich würde mal sagen, in sehr gewagter Sportbekleidung ihr fünfminütiges Gehtraining absolvieren. Aber denen halte ich zugute, dass sie wenigstens etwas machen und ihr wirklich spärliches Training auf freie Geräte beschränken. Was bleibt abschließend zu sagen? Man ist immer so alt wie man sich fühlt und einen Stiel kann man anfassen, Stil nicht. Das habe ich übrigens von meinem Schwiegeropa. Gott hab ihn selig.

Fliegende Fische (29.03.2019)

Über was könnte ich heute besser schreiben, als über das älter werden. Ich sage ja, ich bin in einem knackigen Alter, jeden Morgen, wenn ich aufstehe, knackts woanders. Auch ich hätte vor 10 oder 15 Jahren nicht gedacht, dass ich meinen Geburtstag mal an einem solch traumhaften Ort, mit solchen Aktivitäten, wie heute erlebt, feiern werde. Danke nochmal an meine Frau hierfür. Auch sie hatte heute ein Erlebnis, was ihr Leben wohl grundlegend verändert hat. Auf dem Weg zurück zum Hafen sind wir einem Schwarm fliegender Fische begegnet. Sie stupste mich an und rief: „Schau mal da." Ich erwiderte: „Fliegende Fische." Sie sagte begeistert: „Schau mal die fliegen." Ich erwiderte erneut: „Fliegende Fische." Sie rief erstaunt: „Die haben ja Flügel." Ich erneut: „Ja, deshalb heißen sie, glaube ich, auch fliegende Fische." Sie: „Ich dachte, die können gar nicht richtig fliegen." Ich wieder: „Doch der Name fliegende Fische hat schon was mit deren Fähigkeit fliegen zu können zu tun." Sie: „Aber ich dachte, die gibt es gar nicht wirklich."

Ich erneut: „Doch fliegende Fische gibt es, die können fliegen und jetzt hast du es mit eigenen Augen gesehen."

Aber das nur am Rande. Eine gewisse einsetzende Trägheit, wie ich es mal nennen möchte, bringt einem im Beruf manchmal viele Vorteile, da man mit mehr Bedacht an viele Sachen herangeht. Selbiges gilt natürlich auch fürs Leben. Für die Ehe würde ich den Begriff Trägheit mal gegen Resignation und der damit einsetzenden Einsicht tauschen. Das meine ich keinesfalls bösartig. Man denkt ja, als Mann gehöre man zum starken Geschlecht und wenn man etwas partout nicht möchte, dann haut man mal richtig auf den Tisch. Nach vielen Jahren Ehe wird einem dann gewahr, dass man mit Sicherheit schon sehr oft und auf sehr viele Tische gehauen hat, aber nach einiger Zeit feststellt, dass doch alles genau so eingetreten ist, wie ursprünglich vom vermeintlich schwachen Geschlecht befohlen. Äh, Entschuldigung festgelegt. Äh, auch nicht das richtige Wort. Gewünscht, meinte ich, wurde. Aber diese gerissenen Wesen schaffen es immer wieder, dir es so zu verkaufen, als hättest du ja alles genau so gemacht wie DU selbst es wolltest. Klingt erstaunlich, ist aber genauso natürlich, wie der stete Wassertropfen, welcher einen Stein aushöhlen kann.

Nun zum körperlichen Verfall. Wie viele Sportler, die ihren Zenit weit überschritten haben, bediene auch ich mich gerne der Aussage, dass ich jetzt bewusster Trainiere. Ich mache mich jetzt mal genauso unbeliebt, wie ein Zauberer, der anderer Zauberer Tricks entlarvt. Wir trainieren nicht bewusster, wir machen das, was unser Körper noch zulässt. Das hat auch nichts damit zu tun, dass man zu Lauch mutiert ist. Man macht immer noch so viel wie man kann und was der Vorrat an Ibuprofen 800 zulässt. Da ich ja jemand bin, der seine, sich selbst auferlegten Lebensregeln verbissen versucht einzuhalten, kommt erschwerend hinzu, dass ich mir beim Training immer wieder auf die Zunge beißen muss. Vor gut 22 Jahren habe ich mir geschworen, dass folgende Aussagen, bzw. Satzbausteine im Alter nie über meine Lippen kommen werden.

Als ich so alt war wie du...

Wir mussten früher in jedem Training...

Ich mit 20 jetzt gegen dich...

Aber für mein Alter bin ich noch richtig fit...

Und zu guter Letzt der Evergreen:
Wenn ich mir andere in meinem Alter so
ansehe, dann bin ich aber noch Top.

Bleibt abschließend zu sagen, dass es
hier auch wieder auf die Sicht der Dinge
ankommt. Für Leute, die selbst schon
weit mehr Lenze auf dem Buckel haben,
bin ich jung und bekomme zu hören, sie
wären gern nochmal so jung wie ich. Für
Twens bin ich ein widerlicher alter Mann
und für Teens quasi tot. Menschen unter zehn Jahren bescheinige ich, dass
sie sich noch jenseits von Gut und Böse
bewegen und ihre Beleidigungen mir gegenüber nicht ernst gemeint sind.

Heimweh (30.03.2019)

Der letzte Abend unseres Urlaubs. Ein wenig Wehmut macht sich schon breit. Es war eine tolle Zeit und vor allem der gestrige Tag und das abschließende Abendessen waren ein Highlight. Aber auch die Freude auf zu Hause nimmt langsam zu. Zum einen merkt man, dass nach 14 Tagen langsam die Luft raus ist. Ich kann zum Beispiel die Stimmen mancher Animateure nur noch sehr schwer ertragen. Die Musik hängt einem jetzt doch etwas aus den Ohren und die täglichen Fressorgien werden langsam beschwerlich. Zum anderen möchte man auch wieder in seine gewohnte Umgebung und seine Leute wiedersehen. Also was nehme ich nun mit, aus der Zeit hier? Natürlich erholsame Tage, die mir geholfen haben den Akku wieder aufzuladen. Was ich berichtet habe, war hoffe ich amüsant. Aber eine Sache habe ich mit meiner Frau zusammen begonnen zu lernen und hoffe, dass wir dies auch in Zukunft nutzen können, um unser Leben zu bereichern. Selfies machen. Hier habe ich auch keine Gelegenheit ausgelassen, um Profis dabei zu beobachten wie es richtig gemacht wird. Von der Skinny Bitch aus dem Fitnessstudio habe ich ja berichtet. Auch bei unserem Ausflug nach Catalina Island habe ich junge, dynamische und vor allem hübsche Menschen dabei beobachtet, wie Sie ihr Glück via Selfie mit dem Rest der Welt teilten. Daran ist ja nichts Verwerfliches, das machen wir ja schließlich auch. Womit ich mich allerdings nicht so recht anfreunden kann, sind die komischen Gesichter, die man schneiden muss, um im Mainstreaming der Selfie Gemeinde hip zu sein. Ich habe es live gesehen. Damen stecken Ihre Köpfe zusammen, halten sich ihr Smartphone vors Gesicht und schauen plötzlich aus der Wäsche, als hätte Ihnen jemand unvermittelt den Finger in die Stelle geschoben, die ich nicht näher beschreiben möchte. Sieht in Natura echt gruselig aus, bringt für das Foto aber offensichtlich den gewünschten Effekt. Da habe ich doch wieder was gelernt, was ich selbst aber wahrscheinlich niemals so praktizieren werde. Ich habe generell ein Problem mit Fotos von mir, da ich mich selbst nicht für besonders gutaussehend und schon gar nicht fotogen halte.

So werden alle von mir geschossenen Bilder sofort kontrolliert und gegebenenfalls gelöscht, weil ich denke, dass ich zu füllig bin, über meine Haare spreche ich schon gar nicht mehr. Mein Gesicht gleicht für mich oft einem Teller Suppe, da geht auch immer noch ein Schlag drauf. Nicht zu vergessen, dass ich mich selbst für zu füllig halte. Kurz gesagt, ich bin eine einzige Problemzone. Aber Schönheit liegt ja im Auge des Betrachters und ist bekanntlich Geschmackssache. So muss ich noch von der allerschönsten Frau, die ich im Urlaub gesehen habe berichten. Eine italienische Grazie, wie man sie nur aus Filmen kennt. Allerdings optisch nicht wirklich italienisch. Sie nahm ebenfalls an dem Ausflug nach Catalina Island teil. Normalerweise ist ja üblich, dass man bei so einem Ausflug mit den anderen Teilnehmern in Kontakt kommt und sei es nur mit Blicken oder Gesten. Aber diese Schönheit hat alle Leute mit einer absoluten Erhabenheit gemustert, ohne sie dabei anzusehen, wenn ihr versteht was ich meine. Ich habe dann nachgesehen ob sie beim Gehen wirklich den Boden berührt. Sie trug quasi ein permanentes Duckface.

Sie schaute die Leute so lange an, bis diese den Blick erwiderten, um dann mit einem gelangweilten Augenaufschlag in eine andere Richtung zu sehen. Dass sie beim Schnorcheln nicht teilgenommen hat, brauche ich nicht zu erwähnen. Da könnte man sich ja beim Anlegen der Ausrüstung in einer unvorteilhaften Position präsentieren. Warum man an einem Ausflug teilnimmt, bei dem es hauptsächlich ums Schnorcheln geht, ohne zu Schnorcheln, entzieht sich meinem beschränkten Horizont. Ich für meinen Teil habe Sie einfach total ignoriert. Habe mir sogar einen kleinen Spaß erlaubt. Als ich mit meiner Frau auf das obere Deck ging, um eine zu rauchen, ging ich auf sie zu und habe so getan, als würde ich durch den Wellengang ins strauchlen kommen und auf Sie fallen. Ihr Blick. Unbezahlbar. Sie konnte ja nicht wissen, dass mir sowas aufgrund meiner katzenartigen Reflexe nicht passieren kann. Zu allem Überfluss war die Dame dann auch noch abends im selben Restaurant dinieren wie wir. Sie kam in Begleitung ihrer BFF, diese trug ein Glitzerkleid in Gold. Da es sich um ein VIP Restaurant handelte muss man sich schließlich auch so präsentieren.

Sie blieben im Zugang stehen und schnipsten einen Bediensteten herbei, der sie zu einem freien Tisch führen musste. Dass die Damen auch die Stühle nicht anfassten ist selbstredend. Leider haben wir nicht mehr viel mitbekommen, da wir bereits im Begriff waren, dass Lokal zu verlassen. Natürlich muss ich noch erwähnen, dass diese Dame die schönste, hinter meiner Frau war, die ich im Urlaub gesehen habe. Aber hier kann man mal wieder sehen, wie einfach es im Leben sein kann. Man muss nur selbst davon überzeugt sein, wie schön man ist und schon läuft es. Auf die Frage meiner Frau, wie wohl ihr Mann aussieht, habe ich gesagt, dass sie mit Sicherheit, was die Optik betrifft, nicht so wählerisch ist. Da zählen dann andere Werte, wie z.B. Privatvermögen und zu erwartendes Erbe......

Immer diese Autofahrer (02.12.2019)

Habe eben gelesen, dass heute Tag der aggressiven Autofahrer ist. Da muss ich natürlich jetzt mal einen Post absetzen, da ich ja auch zur Gattung dieser Spezies gehöre. Es fängt damit an, dass ich zur Gruppe der Schuldigen gehöre. Also generell Autofahrer. Wir in Deutschland brauchen ja immer Schuldige. Momentan sind das SUV-Fahrer, Raser (die sind immer Schuld) und Nazis. Da ich weder Influencer, noch Umweltaktivist bin, sondern einer geregelten, produktiven Arbeit nachgehe und mit meinen Gehaltsabzügen (Steuern und Sozialabgaben) meinen Teil zur Existenz unseres Schlaraffenlandes beitrage, muss ich meinen Arbeitsplatz mit dem Auto erreichen. Da mein Berufsbild hohe Flexibilität verlangt und sich meine zu betreuenden Objekte in ganz Deutschland verstreut befinden, ist die Nutzung öffentlicher Verkehrsmittel leider keine Option für mich. Bei ca. 80 bis 90 tkm pro Jahr fällt leider auch das E-Bike flach.

Nun denn, wie jeden Morgen ab ins Auto, wissend, dass ich wieder nicht in der Lage sein werde, ohne Schuld mein Büro, oder mein Objekt zu erreichen. Und meiner Meinung nach, ist das was sich täglich auf unseren Straßen, vornehmlich den Autobahnen abspielt, ein Spiegelbild unserer Gesellschaft. Da ich von meinem Arbeitgeber nicht vornehmlich fürs Autofahren bezahlt werde, gilt es also zügig und effizient ans Ziel zu kommen und hier beginnt dann meine persönliche Fehlerkette aus meiner Sicht der Dinge. Ich steige in einen Traum aus ca. 1,5 Tonnen Blech, Plastik und weiterer Werkstoffe und ich teile mir nun mit vielen tausend anderen Autofahrern die Verkehrswege, also ist Aufmerksamkeit gefragt. Fahre ich direkt zu unserem Firmensitz, komme ich in den Genuss die A3 ab Auffahrt Diez/Nentershausen, bis zum Wiesbadener Kreuz und im Anschluss die A66 Richtung Rüdesheim bis Abfahrt Mainzer Straße benutzen zu dürfen. Morgens benötigte ich stets 40 bis 45 Minuten für diesen Weg, abends 55 bis 60 Minuten. Das ist seit gut zwei Wochen nicht mehr möglich.

Ich benötige morgens 10, abends 15 bis 20 Minuten länger. Als Begründung habe ich erkannt, dass es keinen triftigen Grund gibt. Keine Baustelle, keine Unfälle, jeden Morgen und jeden Abend, eigentlich ist alles so wie immer. Ich träume mittlerweile sogar von generell Tempo 130, was eingeführt werden soll. Dann könnte ich gut und gerne 50 bis 60 km/h schneller fahren, als es aktuell auf Autobahnen ohne Geschwindigkeitsbegrenzung möglich ist. Dazu muss man allerdings diese Autobahn erstmal erreichen.

Fährt man durch die Ortschaften des Autobahnzubringers, kommt es nicht selten vor, dass einem, von einem aus einer Seitenstraße kommenden Pkw die Vorfahrt genommen wird, wodurch meinerseits ein teils sehr scharfes Bremsmanöver notwendig ist, um eine Kollision zu vermeiden. An dieser Stelle erwähne ich, dass ich mich an Geschwindigkeitsbegrenzungen halte, da mein Führerschein für meine berufliche Existenz elementar wichtig ist. Aha, denke ich. Der hat es eilig und zieht dir gleich davon. Weit gefehlt.

Es wird im Schnecken-Tempo weiter-
gezuckelt und Ruck Zuck hat man 3 bis
7 weitere ungeduldige Verkehrsteilneh-
mer im Nacken.

Bietet sich die Möglichkeit und man
überholt, bricht die Hölle los. Hupen,
wilde Gesten, Lichthupe, dass auch die
anderen Kollegen überholen stört da
wenig, alles Raser. Steht man an der
Kreuzung im Pulk der wartenden, auf
diese eine Lücke, die einem das Abbiegen nach links ermöglicht, wäre es hilfreich, würden die Kollegen von links
kommend frühzeitig, oder überhaupt
den Blinker setzen, falls sie an besagter
Kreuzung rechts abbiegen. Aber Gott,
was interessiert die schon, dass dort
dutzende Autos stehen und was geht die
das überhaupt an, wohin ich will. Geschafft. A3. Das erste Abenteuer Be-
schleunigungsstreifen. Warum heißt der
nur so? Und wie fährt man auf? Richtig.
Mit höllischen 60 km/h und am besten
direkt im rechten Winkel auf die linke
Spur. Man hat es ja schließlich eilig.

Also ich bevorzuge die Variante beschleunigen und erst wenn ich zirka 100
km/h draufhabe, auf die die Rechte, die
sogenannte Lkw Spur auffahren.

Und nein. Diese Spur darf nicht ausschließlich von Lkw und Bussen befah-
ren werden, auch PKW dürfen sich hier
bewegen. Und das ist dann auch mein
erster Weg für die ersten Kilometer. An
unzähligen Kollegen in der Mitte und
links vorbei, die nächste meist mehrere
hundert Meter lange Lücke nutzen um
in die Mitte oder nach ganz links zu
kommen. Ab und zu, wenn auch sehr
selten, folgen mir einige Kollegen auf
diesem Weg. Noch seltener sehe ich im
Rückspiegel, dass im Anschluss PKW
von der Mitte nach rechts wechseln, weil
sie gemerkt haben, dass sie eigentlich
den Verkehrsfluss stören. Öfter kommt
es jedoch vor, dass man viele hundert
Meter hinter sich, während man die
Spur wechselt, wilde Lichtsignale ver-
nimmt. Und Zack, kaum auf der A3,
schon alles falsch gemacht. Aber halt,
da war doch mal was in der Fahrschule.
Das Rechtsfahrgebot genau, dass gilt
aber nur für andere und außerdem habe
ich schon oft gehört, dass viele einfach
nicht gerne die Spur wechseln. Da habe
ich doch volles Verständnis für. Himmel
nochmal!

Dann fahrt auf der rechten Spur und bleibt da, wenn Ihr nicht gerne die Spur wechselt. Weiter gehts. Kein Tempolimit, also laufen lassen. Ja wenn möglich, fahre ich auch gerne 200 km/h, oder schneller. Und jetzt kommts, ist zwar selten, aber ab und an kommt es vor, dass sich trotzdem ein Kollege zügig von hinten nähert. Woher ich das weiß? Mein Geheimnis! Der eine oder andere erinnert sich? Fahrschule! Rückwärtigen Verkehr beobachten. An alle New-Ager und andere die es vergessen haben, jedes Fahrzeug hat 3 Wahnsinns Assistenzsysteme: Zwei Außen- und einen Innenspiegel, richtig, der Rückspiegel. Jetzt kommt der Irrwitz. Nehme ich den schnelleren Kollegen wahr, schaue ich sofort nach einer Lücke auf der Spur rechts neben mir und wechsele. Der größte Wahnsinn, ich nehme dafür sogar in Kauf meine Geschwindigkeit zu reduzieren, oder gar zu bremsen. Ist keine Lücke vorhanden, beschleunige ich, wenn möglich, um die Spur zu räumen. Das Beste daran ist, dass ich bei dieser Aktion weder Schmerzen habe, noch die Befürchtung, der Kollege könnte einen größeren Penis haben.

Nur das Gefühl den Verkehrsfluss nicht gestört zu haben macht sich dann bei mir breit und die traurige Gewissheit, dass er sowieso nicht weit kommt. Und siehe da, wenig später muss er auch schon den Anker werfen. Der Klassiker. Lkw rechts, 80kmh. Mittelspur PKW überholt Lkw mit 100 km/h. Links war vor Sekundenbruchteilen frei, wäre nicht der weitere PKW rübergefahren, zum Überholen, 100 km/h in der Mitte geht ja gar nicht, er fährt ja 110 km/h und muss jetzt vorbei! Dass der Kollege von hinten mit 250 Klamotten ankommt ist doch sein Problem. Der hat zu bremsen.

Raser. Und wer auffährt ist immer schuldig! Was bekomme ich zu sehen? Der Raser fährt dicht auf, drängelt, dass ist Nötigung und während ich sinniere und den Fuß vom Gas nehme, gehen mir folgende Gedanken durch den Kopf. Drängeln ist Nötigung und wird bestraft. Logisch er versucht ihn, gegen seinen Willen von der Spur zu verdrängen, oder nötigt ihn schneller zu fahren. Das darf er nicht.

Was man aber offensichtlich darf, rücksichtslos die Spur wechseln, den Kollegen in eine Vollbremsung zwingen, damit bei dichtem Verkehr einen Stau auslösen und dem hinter sich fahrenden seine eigene Geschwindigkeit diktieren, dass ist ok und spart außerdem CO_2, also wenn danach alle langsam fahren. Ich habe soeben fertig gedacht und bemerkt, dass der PKW in der Mitte nachdem er den Lkw passiert hat ganz rechts fährt und sehe kilometerweit freie Bahn. Außer links, wo grade Verkehrserziehung stattfindet. Ich halte die mittlere Spur, passiere die Kollegen auf der linken Seite, um danach ebenfalls die Lkw Spur zu nutzen und wieder auf 200 km/h zu beschleunigen.

Im Rückspiegel beobachte ich, dass die Autobahn hinter mir nun relativ dicht (verstopft) ist. Ich bin mir ebenfalls bewusst, dass mein Manöver nicht risikolos war. Da ich aber niemanden rechts überholt habe, sondern lediglich meine Geschwindigkeit hielt, war dies wohl StVO konform. Außerdem bewege ich mich zügig und effizient. Es dauert einige Zeit, bis der Raser mich wieder passiert und sich das Schauspiel wiederholt.

Immer wieder staut sich der Verkehr im Verlauf der Fahrt auf der linken Spur bis zum Stillstand, wogegen in der Mitte und ganz Rechts der Verkehr mit 80 bis 100 km/h weiterrollt, auf einer dreispurigen Autobahn ohne Tempolimit. Durch unvermittelt nach rechts wechselnde, natürlich ohne zu blinken, Ungeduldige ist das jedoch auch bald vorbei und alles steht. Das ist die tägliche, traurige Realität. Und Schuld daran haben, richtig, Raser, SUV und Nazis. Würden alle mit dem Bus, der Bahn oder dem E Bike zur Arbeit fahren, hätte ich freie Fahrt. Und gäbe es ein wenig mehr Influencer oder Umweltaktivisten........ Ich denke der folgende Shitstorm wird mir alle meine Denkfehler aufzeigen. Also in diesem Sinne, wir sehen uns morgen wieder auf dem Weg zur Arbeit, bzw. stehen zusammen auf dem Weg zur Arbeit.

Urlaub Teil 1 (24.03.2020)

Nach einigen Tagen im Paradies ist mir aufgefallen, dass Jahrzehnte der Erforschung des menschlichen Verhaltens eigentlich überflüssig waren. Man braucht sich einfach nur dreimal täglich zum All-inklusive Buffet zu begeben um die menschlichen Verhaltensmuster zu verstehen. Dabei gibt natürlich abhängig von der Nationalität ein paar kleine Abweichungen. Die Dame, welche meiner Frau heute Morgen den Kaffee über Ihr weißes Kleid geschüttet hat war mit Sicherheit aus Italien. Sie hat sie angelächelt, mit den Achseln gezuckt und ist dann weg gegangen. La Dolce Vita eben. Ich habe meine Frau beruhigt und gesagt, wäre sie aus Deutschland, hättest du einen Anschiss bekommen, weil du da stehst, wo sie den Kaffee hinschüttet. Aber grundsätzlich ist das Bild immer dasselbe. Menschen sind Blender. Da betreten Damen das Parkett, bei denen ich schätze, dass sie Jahrgang 55-65 sind. Der Rock eher ein Gürtel, das Oberteil rückenfrei, also man stelle sich die Spielkarte Pik vor, drehe sie um und übertrage es auf den Rücken der Dame, allerdings von der Schulter bis zur

Arschritze. Der Rest des Kleidungsstückes komplett in lila Glitzer. Dass die Schwerkraft über die Jahre ganze Arbeit geleistet hat, erwähne ich an dieser Stelle nicht. Der Herr dazu eher klassisch gekleidet. Rosa Hose, lila Hemd, weiße Slipper. Haben sich die Personen für einen Tisch entschieden, werden Bedienstete w/m/d herbei gewunken. Mit einer abwertenden Geste werden diese dann aufgefordert, den sauberen Tisch nochmal zu reinigen. Gehen diese Menschen dann jedoch zum Buffet und nehmen einen Teller in die Hand, befinden wir uns wieder im Neandertal. Es wird vorgedrängelt, geschubst und geschimpft. Gut, wenn Mami grade mit Ihrem kleinem Sedrick-Eminem-Ayosha ausdiskutiert, ob er nun auch mal Gemüse auf den Teller bekommt und die Schlange schon auf gefühlte 100 Personen angewachsen ist, kann man mal ungeduldig fragen, ob man vor darf. Spricht Mami dieselbe Sprache, bekommt man zur Antwort, man hat sich zu gedulden, ICH habe schließlich hierfür bezahlt.

Ich meine, ist ja klar, alle anderen Gäste haben bestimmt nicht bezahlt. Dass es hier auch mal zu Ausschreitungen kommt habe ich live erlebt.

Leider habe ich nicht verstanden worum es ging. Der Dialog wurde auf Französisch geführt. Es ging aber wohl darum, dass ein Tier aus der Herde ausgebrochen ist, weil es nur eine der 15 angebotenen Speisen in dieser Schlange wollte. Der unmittelbar bevorstehende Faustkampf wurde jedoch von weiteren Herdenmitgliedern unterbunden und das abtrünnige Tier wurde wieder zum Ende der Schlange geführt. Verlassen diese Wesen dann den Bereich der Futterstelle, verwandeln sie sich wieder in einen Pfau. Gut, auch nicht jeder Pfau hat gelernt mit geschlossenem Mund zu speisen, um so störende Schmatz Geräusche zu unterbinden. Geschenkt. Steht man dann auf, um erneut das Abenteuer Essensbeschaffung in Angriff zu nehmen, bekommt der Hintermann erst mal kräftig die Stuhllehne ins Kreuz geknallt. Eine Entschuldigung hierfür bleibt natürlich aus, man hat das alles ja schließlich bezahlt und alle anderen sind ja nur störende Subjekte. Ist eines der teuer bezahlten Essen dann beendet, geht es zur Poolbar.

Auch hier bilden sich Schlangen aus wartenden Menschen, da so ein Cocktail oder Kaffee nun mal nicht in einer

Sekunde zubereitet ist. Auch hier werden andere wartende Gäste übersehen. Man geht zielstrebig in die Mitte der zwei sich gebildeten Schlangen und blökt mit fester Stimme seine Bestellung heraus. Natürlich ist die Empörung dann groß, wenn der Barkeeper diese dann ignoriert. Meistens wird das aber mit entsprechenden Blicken der bereits wartenden Herde geklärt. Der Enttäuschung über die nicht erfolgte prompte Erfüllung des Getränkewunsches, obwohl man das doch schließlich alles bezahlt hat, wird dann mit einem hämischen Lachen und Kopfschütteln ausgedrückt. Im Anschluss bewegen sich diese Menschen dann zu Ihren Liegen am Strand, welche schon um 5.00 Uhr in der Frühe reserviert wurden. Also nicht offiziell gebucht. Nein in guter Manier mit dem Badetuch meine ich. Mir ist aufgefallen das sich die Fischschwärme im Wasser zu meinen Füssen eigentlich immer geordneter und gesitteter bewegen, als die Krone der Schöpfung, der Mensch, aber die können ja auch nicht sprechen und haben keine Daumen.

Urlaub Teil 2 (25.03.2020)

Seht euch mal dieses tolle und hochwertige T-Shirt an, was uns hier als Gastgeschenk vom Viva Wyndham Ressort überreicht wurde. Und das Beste daran, wir haben zwei Stück bekommen. So müssen wir uns jetzt nicht jeden Morgen darum streiten und können sogar im Partnerlook zum Frühstück.

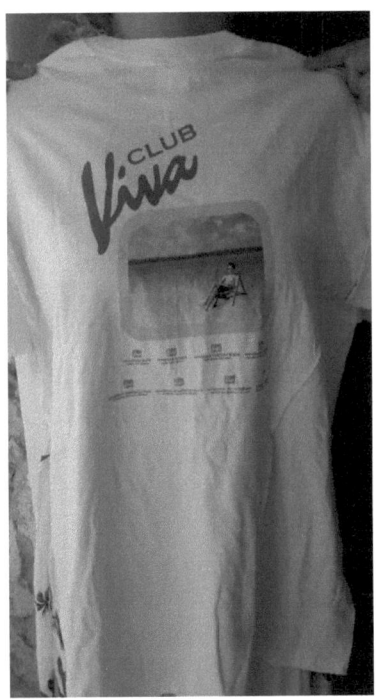

Es hat uns auch nur gut eine Stunde unserer Zeit gekostet und die Geschichte trug sich wie folgt zu. Wir wurden am letzten Donnerstag total entgeistert von einem Bediensteten angesprochen. Er hätte uns jetzt schon öfter gesehen und wo denn unsere Shirts und/oder Caps sind. Ich habe ihm mitgeteilt, dass ich nichts kaufen möchte. Also wirklich freundlich. Ehrlich. Er blieb hartnäckig und sagte immer wieder Geschenk. Gratis. Ok, habe mich dann revidiert und gesagt, dass gratis Geschenke genau mein Ding sind. Wir setzen uns also an einen Tisch. Das Gespräch begann mit Smalltalk und wurde auf Englisch, dann aber mit sanftem Übergang auf Denglisch geführt. Er machte natürlich viele Komplimente, zum Beispiel, dass wir sehr gut aussehen, obwohl wir Deutsche sind. Mein Versuch ihm klar zu machen, dass das jetzt kein Kompliment war, scheiterte. Nun ja. Er fing an einen Fragebogen auszufüllen: Name, Alter, Herkunft war ja geklärt und zum Schluss, welches Zahlungsmittel wir benutzen. Ich habe geantwortet, dass wir Geschenke nicht bezahlen, weil es ja dann keine Geschenke sind.

Es war aber nur für die Statistik, um rauszufinden, wie Gäste generell hier am liebsten bezahlen. Meine Antwort:

"Gar nicht.", fand er nicht besonders lustig. Glaube ich. Dann wurden wir in einen gut klimatisierten Bereich geführt. Aufgrund der Verständigungsprobleme, wurden wir an einen anderen, nennen wir ihn mal Sachbearbeiter, übergeben. Es war ein adrett gekleideter Mittfünfziger aus Dänemark. Er wirkte etwas formlos, deshalb war sowohl Hemd, als auch Hose etwas weit geschnitten und irgendwie wollte sein Haarwuchs nicht so recht zu seiner Frisur passen. Er war ein Verkäufer wie er im Buche steht. Erst die Situation auf eine persönliche Ebene bringen. Klar. Er erzählte wie schwer er es habe. Die ganzen Reisen zu den vielen Standorten der Wyndham-Kette: Dominikanische Republik, Mexiko, Thailand, Australien, aber er bräuchte für seine Gespräche mit potenziellen Interessenten max. 30 Minuten. Bla, bla, bla. Ich habe dann zum einen durchblicken lassen das ich nicht vom Steckrübenlaster gefallen bin und zum anderen gar nicht verstehen kann, dass ich wie jemand wirke, der an irgendwas Interesse hätte.

Dann aber hat er den entscheidenden Fehler gemacht. Er hat uns ein sehr hochprozentiges einheimisches Mischgetränk angeboten. Mamajuana. Er konnte ja nicht ahnen, dass Alkohol wie Brandbeschleuniger auf die in mir lodernden Flammen aus Sarkasmus, Ironie und dem Drang, Beleidigungen wie Spaß zu verkaufen wirken. Ich dachte mir, jetzt wird es eine Party und habe dann doch Interesse geheuchelt. Mir ist an den Nachbartischen aufgefallen, dass einige Gäste Dokumente unterzeichneten. Prompt wurde Ihnen das Standardarmband (rot), gegen das VIP-Armband getauscht (gelb). Dazu gab es Schampus. Ich nahm erstmal einen kräftigen Zug Mamajuana und habe sofort gemerkt, dass dieses Zeug ganz furchtbar knallt. Und ab ging die wilde Fahrt. Er hat uns erklärt, dass wir 30-40 Prozent zu viel bezahlt hätten. Also wir können zukünftig mit unserer Clubkarte in allen Wyndham Ressorts weltweit immer mindestens 30 Prozent sparen. Aha. Ich fragte einfach nach: "Wie?". Also zunächst sei ja der Reiseveranstalter raus. Zudem bekommen sie die Flüge günstiger und aufgrund des Firmensitzes müsse man keine Mehrwertsteuer abführen.

Die Antwort auf meine Frage, wo denn der Firmensitz sei, ermöglichte mir den ersten Wirkungstreffer. Panama. Ich sagte: „Ah, was Geldgeschäfte betrifft, absolut transparent und bei sämtlichen Steuerhinterziehern weltweit sehr beliebt.". Seinem Blick konnte ich eine erste negative Gefühlsregung entnehmen. Ich forderte Ihn auf, mir diese 30 Prozent mal in Zahlen aufzudröseln. Dabei habe ich abwesend in eine andere Richtung gesehen und jeweils das letzte Wort seiner Sätze leise vor mich hingemurmelt. Aber alle Mathematiker aufgepasst und nachgerechnet. Ersparnis durch eliminierten Reiseveranstalter 20 Prozent. Flüge günstiger macht 20 bis 25 Prozent. Keine Mehrwertsteuer nochmal 19 Prozent. Ich sagte mit ernstem Gesichtsausdruck, dass sich das auch mit Additionsfehler sehr gut anhört. Mir sei jedoch aufgefallen, dass wir schon seit Minuten nicht mehr darüber sprechen wie viel Geld eine Reise kostet, sondern es geht nur noch um Punkte. Die Erklärung hierfür waren die verschiedenen Währungen. Aha.

Ich habe dann wieder Stimmungs-
technisch umgeschwenkt und Ihm vermittelt, dass er meine Zeit verschwendet,
er soll einfach sagen was die Mitgliedschaft kostet. Aufgepasst.
Zum 1.1. jeden Jahres werden 3.000
Euro fällig.
5 Jahre lang und für 3.000 Euro werden
dann 15.000 Punkte gutgeschrieben.
Das Beste aber sei, ich könne frei über
die Punkte verfügen, heißt ich könne sie
auch verschenken. Ich dachte mir, dass
jetzt der richtige Zeitpunkt sei, dass Gespräch meinerseits auf die persönliche
Ebene zu führen. So habe ich ihm erklärt, dass ich schließlich verheiratet sei
und das ist ja so ziemlich das teuerste
Hobby, was man haben kann. Die Tatsache, dass ich außerdem eine 17 Jahre
alte Tochter habe, der ich aktuell den
Führerschein bezahle und nächstes
Jahr dann das Auto, macht meine Le-
benssituationen nicht leichter. Zumal
meine Damen ja auch nicht bei Wasser
und Brot gehalten werden. Ich war der
Meinung das ich nach meiner flammen-
den Rede eine Träne in seinem Auge gesehen habe.

Er startete einen letzten verzweifelten Versuch, in dem er mir bescheinigt hat was ich doch für ein toller Vater und Ehemann sei. Das erwiderte ich nur mit einem knappen: "Das weiß ich doch.". Dann aber fragte er, warum ich eigentlich meiner Tochter alles bezahle, sie könne schließlich arbeiten gehen, wenn sie was will. Das müssten wir schließlich auch. Aha, dachte ich. Jetzt kommt die Masche, du bist der Hauptverdiener und musst auch mal an dich denken. Er wollte den finalen Schuss setzen und nannte uns den Preis, welchen wir seiner Ansicht nach für die Reise bezahlt haben. Als meine Frau den wahren Preis nannte, fragte er nach: „Pro Person?". Als sie das verneinte, hat man gemerkt, dass er sein Pulver verschossen hatte. Ich war aber noch nicht ganz fertig. Ich bat ihn um seine Visitenkarte, für den Fall, dass wir es uns noch einmal überlegen. Aber er hatte keine Lust mehr auf uns. Er schloss das Gespräch dann damit ab, dass man sich sofort entscheiden muss und er keine Visitenkarte besitze.

Meine letzte Spitze, dass dies mit Sicherheit an der absoluten Diskretion seines Arbeitgebers in Panama liegt, hat er wohl vernommen, aber leider nicht weiter kommentiert. Auch unsere Shirts haben wir danach nur aufgrund Melanies Hartnäckigkeit bekommen. Aber das kenne ich ja nur zu gut, wenn sie etwas will, ist sie nicht abzuwimmeln.

Späte Vaterfreuden (23.06.2020)

Facebook fragt, was machst du gerade?

Ich sitze hier und kann nicht schlafen, obwohl ich morgen früh um 4.00 Uhr raus muss. Denke mal, dass ist die Freude über den Abschluss meiner Tochter. Klar ist man stolz, wenn sein Kind so einen super Abschluss hinzaubert. Ich könnte jetzt sagen, dass es ja klar war. Nein, will ich aber nicht, weil es einfach nicht klar ist. Ich gehöre sicher nicht zu denen, die permanente Höchstleistungen erwarten. Im Gegenteil. Wie oft habe ich zu dir gesagt, mach die Bücher zu, geh raus, besauf dich, klau ein Auto, liefere dir eine Verfolgungsjagd mit der Polizei, ich will dich nachts unbedingt mal aus einer Ausnüchterungszelle holen.

Natürlich nur Spaß.

Du hast alles deinem Ehrgeiz untergeordnet und kannst zu Recht stolz sein auf das, was du geschafft hast. Jetzt geht's bald weiter zum nächsten Ziel, welches du schon seit 12 Jahren verfolgst, deine Ausbildung bei der Polizei. Tja was soll ich sagen? Auch hier habe keine Zweifel, dass du das schaffst.

Und ich fürchte, dass du auch hier wieder Unbeschreibliches leisten wirst und die ein oder andere Träne fließen wird. Apropos Tränen, die habe ich auch im Moment in den Augen. Ich weis aber nicht, ob es Glückstränen sind, oder es auch etwas damit zu tun hat, dass du wieder ein Stück weiter von uns wegrückst. Meine Tochter steht mir inzwischen auf Augenhöhe gegenüber. Ich muss mir oft auf die Zunge beißen, weil du nicht mehr die kleine Anna bist. Du gehst jetzt immer mehr deinen eigenen Weg. Auch liegt es mir schwer auf der Brust, dass ich als dein Vater weis, die schwerste und längste Schulzeit, mit den härtesten Prüfungen die man sich vorstellen kann, liegt noch vor dir. DAS LEBEN. Eigentlich sollte ich wissen, dass bei der Performance die du bis jetzt hingelegt hast, meine Sorgen unbegründet sind. Aber ich denke, dass man diese Gedanken als Vater nun mal automatisch hat.

Also genieße die Zeit bis zum Beginn deiner Ausbildung, lass die Seele baumeln und geh dann frisch ans Werk.

Ich versuche jetzt noch keinen Gedanken daran zu verschwenden, sondern genieße die Zeit, in der du noch ganz bei uns bist.

In diesem Sinne, herzlichen Glückwunsch für das, was du erreicht hast. Und alles Gute für das, was du noch erreichen wirst.

Dein peinlicher Vater

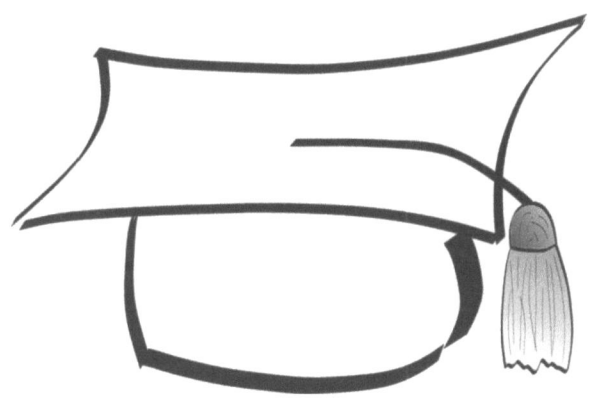

Jahrestag einer Ehe (29.08.2020)

Also heute möchte ich den Post zu unserem Jahrestag mal etwas anders verfassen.

Da wir ja nun stolze Besitzer einer der modernsten Pellets-Heizanlagen sind, welche es für Geld zu kaufen gibt, ist mir beim Betrachten dieser folgendes aufgefallen.

Ich weiß nicht, wie viele Leute das schon wissen, aber ich habe da einen lang gehegten Jugendtraum. Ich träume vom Besitz eines Fahrzeugs. Da ich hier ja keine Werbung machen möchte, beschreibe ich dieses Fahrzeug mal etwas. Es stammt aus Zuffenhausen. Es hat nur zwei vollwertige Sitze. Der Motor befindet sich im Heck, wenn dieser in der Mitte verbaut wird, ist das für mich auch in Ordnung, ich bin ja schließlich genügsam. Deshalb würde ich auch auf ein Dach verzichten können. Naja, die neue Heizung hat denselben Gegenwert, wie ein gebrauchtes Exemplar dieses Jugendtraums. Aber die Aktion mit der Heizung war ja notwendig und außerdem viel vernünftiger. Außerdem tue ich ja auch viel für die Umwelt und die Wirtschaft.

Das Traumauto würde ich wahrscheinlich eh nur jeden Samstag in die Einfahrt stellen, mich mit einem Campingstuhl davorsetzen und ein paar Bier trinken (wie Clint Eastwood in Gran Tourino).

Ich kann mir ja auch den Stuhl in den Keller stellen, mir die Heizung anschauen und dabei Bier trinken.

Mir ist aber beim Grübeln über den wieder einmal geplatzten Jugendtraum aufgefallen, dass sich mein Kindheitstraum erfüllt hat.

Als Kind habe ich mir immer vorgestellt, wie mein Leben später mal aussieht. Ich wollte später mal ein Haus haben, eine Frau und ein, wahlweise zwei Kinder.

Und hey, was soll ich sagen? Das hat geklappt! Gut, dass mit dem normalen Leben hat nicht so gut funktioniert, aber das liegt wohl daran, dass ich selbst nicht so normal bin. Das habe ich zumindest schon oft über mich gehört.

Deshalb ist es doch umso wichtiger, jemanden an seiner Seite zu haben, der das alles so lange aushalten kann.

Um genau zu sein, sind es jetzt schon 24 wundervolle Jahre.

Das ist eine verdammt lange Zeit und für heutige Verhältnisse schon ziemlich ungewöhnlich. Dann wären wir ja wieder beim Thema "nicht normal". In dem Fall bin ich aber sehr froh, nicht normal zu sein und hoffe, dass wir auch in Zukunft nicht normal sein werden. Und am Ende vom Tag zählt das mehr, als irgendwelche materiellen Dinge.

Mir ist es auch sehr viel wert, dass wir uns immer noch viel zu erzählen haben und wir unsere gemeinsame Zeit miteinander, anstatt nebeneinander verbringen.

Nun dann Schatz, alles Gute zum Jahrestag und viel Erfolg dabei, die noch folgenden zu erreichen. Ich wünsche dir weiter viel Geduld und starke Nerven. Auf das dein Verständnis für mich nie enden wird.

Weihnachtsgeld (17.10.2020)

Ich habe heute kurz Nachrichten gehört.
Vorschlag aus der Politik: Das Weihnachtsgeld soll in diesem Jahr früher
ausgezahlt werden, dann könnte der
Einzelhandel gestärkt werden, falls ein
zweiter Lockdown kommt.
Bei so einer Meldung, beim aktuellen
Stand der Dinge, stelle ich mir folgende
Frage: Wie viele Arbeitnehmer werden
denn in diesem Jahr Weihnachtsgeld
bekommen? Entweder ist Ihr Betrieb
angeschlagen durch den ersten Lockdown und im Moment dabei sich zu er-
holen. Wenn der Betrieb nicht angeschlagen ist und den ersten Lockdown
gut überstanden hat, weil genug Rück-
lagen vorhanden waren, könnten diese
jetzt aufgebraucht sein und man erwar-
tet ja offensichtlich einen weiteren Lockdown, also ist Vorsicht geboten. Auch
gibt es mit Sicherheit etliche Betriebe,
welche grade diese Ungewissheit als
Vorwand nutzen und keine Weihnachts-
gelder bezahlen, oder diese stark einkür-
zen, obwohl Sie es könnten.

Ich denke man kann also behaupten, dass es 2020 bezüglich des Weihnachtsgeldes bei vielen nicht so rosig wird.

Aber gehen wir mal davon aus, dass trotzdem etwas Geld zusätzlich fließt und das schon mit der Oktoberabrechnung ausgezahlt wird. Dann kommt die letzte Meldung dieser Nachrichtensendung zum Tragen. Frau Merkel hat verlauten lassen, dass die Menschen bitte zuhause bleiben sollen, da sich die "Pandemie" im Moment sehr bedrohlich entwickelt.

Die letzte Meldung hat mich dann wieder sehr beruhigt, weil mir bewusstwurde, dass ich weiter mitten in Absurdistan lebe und die Politik agiert, wie man es von Ihr gewohnt ist.

Der Michel soll sich also Gedanken drüber machen, wie er Geld, welches er wahrscheinlich gar nicht, oder eingekürzt bekommt, nicht ausgeben kann, weil viele Geschäfte geschlossen haben könnten, wegen eines weiteren Lockdowns.

Ergo könnten in diesem Jahr Weihnachtsgeschenke unter dem Baum liegen, welche von Aldi, Lidl, REWE, Norma etc. stammen oder ich bestelle online.

Aber wie stärke ich denn "unseren Einzelhandel", wenn ich bei Amazon und Co. bestelle?

Als ich grade dabei war, meine Gedanken zu sortieren und mich nicht über diese, aus meiner Sicht schwachsinnigen Nachrichten zu ärgern, hat mein Kurzzeitgedächtnis dann wieder eine Nachricht aus der Mitte der Sendung abgerufen. "Aktivisten" haben

Polizeikräfte mit Kot (Scheiße) beworfen, als diese ihre "Aktion" auflösen sollten. Also ich dachte ja, dass man als "Aktivist", welcher gegen eine Staatsgewalt aufbegehrt, beispielsweise mit Steinen wirft. Allein das wäre für mich keine Option, da es aus meiner Sicht einem Mordversuch gleichzusetzen ist. Wie dem auch sei, um einen Stein zu werfen muss ich vorher einen besitzen. Dazu gehe ich zu einem Haufen Steine und nehme mir welche, oder suche diese auf dem Boden, was bedeutet, dass ich eventuell etwas im Dreck wühlen muss.

Aber was muss ich denn vorher tun, wenn ich jemanden mit Kot (Scheiße) bewerfen will? Da kann dann jeder mal selbst drüber nachdenken.

Ich denke, dass ich mir jetzt einen Alu-Hut basteln werde und den Rest vom Wochenende in einem dunklen Raum verbringe. Mir ist bewusst geworden, dass meine Gehirnwindungen arge Probleme mit dem aktuellen Mainstream haben.

Meine persönlich wichtigste Meldung des Tages (03.12.2020)

Wie immer, bei einer längeren Autofahrt, höre ich morgens einen reinen Nachrichtensender. Man möchte ja als Mann von Welt schließlich gut informiert in den Tag starten. Außerdem kann beim anstehenden Termin immer geglänzt werden, wenn beim vorherigen Plausch, dass Halbwissen der Gesprächspartner, durch bereits vorhandenes, fundiertes Wissen über das Thema durch die eigene Person ausgebaut werden kann. Das ist übrigens meine Masche. Ich besitze mittlerweile eine ganze Enzyklopädie an unnützem Wissen, mit der ich Intelligenz suggeriere.

Erste Meldung. Amokfahrt in Trier. Für mich unfassbar!! Ich denke so bei mir, wäre ich als Überlebender, unverletzt vor Ort gewesen, hätte man sämtliche Informationen über den Fahrer nur noch mit einer Obduktion feststellen können.

Dann weiter mit Corona........

Achja, mal eben für zwischendurch, der Lockdown light wird bis 10.01.2021 verlängert. Wurde per Videokonferenz durch Länderchefs und Kanzlerin entschieden. Klar, dass macht man heute so und wag dich das zu kritisieren.

Dann weiter mit Trump.... blabla...... Byden..... blabla......Wahlbetrug.....Nazis.......islamisti sche Gefährder....

Und dann Zack!!! Da war sie !!!! Meine Meldung des Tages, welche erheblich mehr Sendezeit erhielt als alle vorherigen Meldungen. Plötzlich dachte ich wieder " Hurra!!! Das ist mein Deutschland!!

Also. Jeder da draußen kennt sicher die DIN 5009. Richtig. Die Buchstabiertafel. Bekanntlich wurde diese, im Jahr 1934 durch das in Deutschland herrschende Regime modifiziert. Diese Modifizierungen wurden allerdings nach 1945 nicht vollständig rückgängig gemacht. Das soll sich nun ändern. Jedoch sollen beide Versionen zukünftig ihre rechtmäßige Geltung behalten.

Ich möchte das an dieser Stelle, mit einem Kurzsatz darstellen, wessen Begrifflichkeiten meines Erachtens nach, im Jahr 2021 viel Beachtung finden werden.

Hier mal die Gegenüberstellung:

K   K
R   R
E   E
D   D
I   I
T   T
A   A
U   U
S   S
F   F
A   A
L   L
L   L

D   D
U   U
R   R
C   C
H –   H

I   I
N   N
S   S
O   O
L   L
V   V
E   E
N   N
Z   Z

Wer aufmerksam gelesen hat,
wird feststellen, die drei Worte lauten:
Kreditausfall durch Insolvenz.

Das wir uns nicht falsch verstehen. Ich mache mich hier nicht lustig über alle, welche dieses Schicksal im Jahr 2021 ereilen wird.

Aber ich finde es doch sehr bedenklich, dass offensichtlich auch in der momentanen Lage für solche Angelegenheiten Spielraum ist.

Dem aufmerksamen Leser wird auffallen, dass o. g. Begrifflichkeiten Ausmaße haben werden, wofür noch unsere Kinder und Enkel grade stehen werden.

Solidarität hat Grenzen (19.01.2021)

Das müssen viele Kleinunternehmer, Selbstständige, Betreiber von Fitness-studios und Kampfsportschulen grade erleben. Wenn bei Letzteren wieder eine Kündigung der Mitgliedschaft ins Haus flattert, wird hier oft argumentiert, dass man bis jetzt solidarisch war, aber schon zu lange für eine Leistung gezahlt wird, die faktisch nicht geliefert wird.

Das man diese Leistung dann nicht mehr zahlt, ist rechtlich legitim.

Man sollte aber eines dabei nicht vergessen, die Leistung findet aufgrund von Beschlüssen nicht statt, die der Betreiber oder Eigner nicht zu verantworten hat. Ergo, es ist im untersagt, seine Tätigkeit auszuüben.
Mal unabhängig davon, ob es mich persönlich betrifft, oder nicht.
Unsere Regierung hat 75 Milliarden Euro Wirtschaftshilfen bewilligt.
Ausgezahlt wurden bis jetzt
2.7 Milliarden.
Begründung?
Softwareproblem!
Statement auf Nachfrage?
Geduld haben!

Mal abgesehen davon, haben die meisten Betreiber einer Kampfsport-schule kein Anrecht auf Wirtschaftshil-fen, wir sind nur ein teures Hobby! (O-Ton aus einem Behördentelefonat)

Zeitgleich sind aber die Finanzämter heiß wie Frittenfett und fordern die Vorauszahlungen ein.

Ist aber geil, wenn man denen dann sagt, dass sie sich mal etwas in Geduld üben sollen, dazu hat Herr Altmeier schließlich aufgerufen. Ich frage mich, wann mal die ersten Spendenaktionen für wirtschaftliche Pandemieopfer, von ARD, ZDF und RTL veranstaltet werden.

In anderen Belangen sind wir doch immer so betroffen und wollen mit Spenden helfen. Nur bei den eigenen Leuten ist es dann mit der Solidarität nicht allzu weit her.

By the way, für alle die es noch nicht mitbekommen haben. Die Meldepflicht für Insolvenzen wurde ja ausgesetzt.

Das heißt, dass bereits viele tausend Betriebe insolvent sind, dass aber noch nicht melden mussten/sollten.

Somit wird eine weitere Statistik „bearbeitet" oder wie ich es nenne, „geschönt".

Mir persönlich wäre es lieber, würde man die Insolvenzen wie Neuinfektionen betrachten und darstellen.

Dann würden eventuell mehr Menschen erkennen, was sich hier seit langem abzeichnet.

In diesem Sinne.

Das Hörertelefon (25.01.2021)

Das Dümmste, was ich heute gehört habe, war eine Frage am Hörertelefon.

Ich verkürze mal den Einstieg. Also wie immer, lange Autofahrt, Radio, Nachrichtensender.

Heute mal eine Expertenrunde. Geplant als Onlinekonferenz. Das dies nicht wirklich funktioniert hat, brauche ich nicht zu erwähnen. Selbst der Moderator hat sich nach einiger Zeit erzürnt und die miserable Netzabdeckung in diesem Land angeprangert. Aber das nur am Rande. Das Thema, wie kann es anders sein, CORONA! Diesmal jedoch seltsam regierungskritisch. Auch hier erspare ich mir aus Selbstschutz weitere Ausführungen.

Das Hörertelefon hat leider gut funktioniert. So konnte ich auch den Anruf der Dame hören, welcher mich zur Weißglut gebracht hat. Ihr kennt das sicher auch, man hört die Stimme eines Menschen und verspürt tiefe Abneigung. Diese Frauenstimme klang heuchlerisch und sehr theatralisch. Bei mir beginnt dann oft das Kopfkino.

Ich habe mir diese Frau beim Autofahren vorgestellt:

Alleine im Wagen sitzend, mit Handschuhen, Maske, darüber noch ein Visier welches bis unter das Kinn reicht, verkrampft das Lenkrad haltend, weit aufgerissene, angsterfüllte Augen, auf einer dreispurigen Autobahn, linke Spur, mit 60 Km/h. Also kurzum einer dieser Menschen, welche man kurzum wegbomben könnte (aber natürlich nicht tut!).

Ihr Anliegen:

Beim Sonntagsspaziergang würden ihr oft Jogger begegnen, die keuchend an ihr vorbeilaufen. Sie hätte Angst, dass Sie sich durch dieses Keuchen mit Corona ansteckt, wegen der Aerosole.

Sie plädiert dafür, Joggen zu verbieten und fragt, ob sowas seitens der Regierung schon geplant ist. Man müsste vorsichtige Menschen wie sie schließlich schützen. Mir kam sofort eine Gegenfrage in den Sinn.

Wer schützt mich als Freizeitsportler davor, so einem faulen, ignorantem, wahrscheinlich unförmigen Sportmuffel, nicht mit der flachen Hand eine zu klatschen, wenn ich blöd angemacht werde?

Aber da ich ja wohlerzogen und vor allem immer total ausgeglichen bin, könnte mir sowas nie passieren.

Was lernen wir daraus?
Verbote sind das a und o, also für die anderen.

Fremdenfeindlichkeit (29.01.2021)

Heute möchte ich mal wieder ein Thema aufgreifen, was in letzter Zeit stark vernachlässigt wird.

Fremdenfeindlichkeit.

Ein Blick in meine Freundesliste zeigt ja, dass ich eine ganze Menge Freunde und Bekannte mit Migrationshintergrund habe. Auch auf der Arbeit bin ich häufig mit Menschen in Kontakt, die nicht in Deutschland geboren sind. Gespräche, wenn möglich, werden dann von mir meist in eine gewisse Richtung gelenkt, da ich immer Interesse daran habe zu erfahren, in welchem Licht ich denn so als Deutscher dastehe. Das war heute nicht nötig, es war regelrecht ein Selbstläufer. Und das ging so:

Er: Bist du deutscher Mann?

Ich: Ja.

Er: Wieviel Jahre hast du?

Ich: 43.

Er: Ich 46, aber du hast weiße Haare, ich nicht.

Ich: Ja, ist mir bekannt. (Arsch, aber nur gedacht)

Ich weiter: Was bist du für ein Landsmann?

Er: Rüsselsheim.

Ich: Nein, wo ist deine Heimat, wo bist du geboren?

Er: Ah, Rumänien.

Ich: Seit wann bist du hier?

Er: 2014, da war Rüsselsheim noch schön. Jetzt nichts mehr. Ist Texas City.

Ich: Wie? Texas City?

Er: Kokain und alles Ausländer!

Ich: Ah! Ausländer, verstehe!

Er: Nein, Türken und so sind ok. Aber Leute von Frau Merkel böse.

Ich: Bist du kein Gast von Frau Merkel?

Er: Diese Leute keine Gäste, verkaufen Drogen, schneiden Leute mit Messer tot. Warum lasst ihr zu?

Ich: Ohne Worte.

Er: Ich komme her wegen Arbeiten. Gehe Arbeiten, bezahle alles, mache keine Stress, Familie soll es besser gehen.

Ich: Ja genau solche Leute sind auch die Gäste, die wir brauchen.

Er: Aber neue Ausländer nicht gut, Ihr müsst euch wehren.
Ist euer Land.

Ich: Man darf das als deutscher Mann nicht sagen, sonst Nazi.

Er: Dann wartet ab, bald so schlimm das wie Krieg.

Ich: Nochmal, ich darf nicht kritisch sein.

Er: Warum warten bis Merkel weg? Warum nicht schon längst weggejagt?

Ich: Fernsehen schauen. Fast alle Deutschen finden Merkel toll.

Er: Alle lügen, jeden Tag in Rüsselsheim sehe ich Gewalt und Messer schneiden, keiner sagt im Fernsehen.

Ich: Tja, erst wenn das Schaf auf der Schlachtbank liegt, merkt es, dass es vorbei ist, dann ist es zum Weglaufen zu spät.

Er: Ich verstehe nicht Deutsche. Ihr habt tolle Land und seid gut und fleißig. Trotzdem immer mit Finger auf euch zeigen und schlecht machen.

Tja, was soll ich sagen. Solche Dialoge hatte ich schon Massenhaft. Der Inhalt und Meinung der "Fremden" war immer gleich.

Wie kann es sein, dass der Fremde fremdenfeindlicher ist, als der Einheimische, der immer erzählt bekommt, er wäre fremdenfeindlich?

Kindheitserinnerung (30.01.2021)

Jeder kennt das doch, im Fernsehen läuft ein Film, den man als Kind unheimlich gerne gesehen hat. Man schaut sich den Film dann an, um nach ein paar Minuten festzustellen, oh man, so eine Kacke hast du dir früher reingezogen! Kein Wunder, dass aus dir nichts geworden ist.

Oder man trifft aus Zufall mal wieder auf Süßigkeiten, die schon fast vom Markt verschwunden sind und die man als Kind geliebt hat. Man kauft, um beim Essen festzustellen, dass es doch irgendwie scheiße schmeckt.

Manchmal sieht man auch einen Ort, von dem man schwören könnte, dass man als Kind schonmal dort war.

Eine bleibende Erinnerung aus meiner Kindheit, sind die Verwandtschaftsbesuche in der Deutschen Demokratischen Republik. Aber nicht so ein November 89 Ausflug, für 450€ Abenteurer. Nein, wir sind mehrmals da gewesen, als der Vorhang noch dicht verschlossen war.

Das Überfahren der westdeutschen Grenze war immer easy und entspannt.

Doch die ostdeutschen Grenzer hatten meist nicht so ein gewinnendes Auftreten, wie die Wessis. Da fühlte ich mich als Kind dann erstmal nicht so wohl. Bewaffnete, Türme mit rieseigen Scheinwerfern, Stacheldraht und Hunde gab es ja bei uns auch, aber nicht so eindrucksvoll zur Schau gestellt. Als wir dann passieren durften, zeigte sich jedoch schnell ein anderes Bild.

Riesige Plakate mit Botschaften und alles hinter malt, mit vor Glück strahlenden Menschen.

"Herzlich willkommen in der Deutschen Demokratischen Republik"

"Willkommen im Arbeiter und Bauernstaat"

Und ich kann heute noch sagen, dass ich wirklich gerne dort war und meine Verwandten sehr mochte.

Bei der Ausreise wurde der Schilderwald dann Richtung Grenze sehr karg. Da war dann kurz vor der Grenze nur noch ein einziges, mit riesigen Buchstaben.

"ACHTUNG! Sie verlassen die Deutsche Demokratische Republik."

Als Kind leuchtete mir das ein. Erst zeigt man dir, dass du jetzt im guten Teil der Welt bist und wenn du diese wieder verlässt, wirst du gewarnt, dass es ab jetzt wieder gefährlich wird.

Das Einzige, was mir bereits im Knabenalter aufgefallen ist, als ich mal wieder ein Erwachsenengespräch im Zuge eines Besuches belauscht hatte, war, dass auch in diesem Paradies irgendwas nicht zu stimmen schien.

Nun, mein kindlicher Verdacht hatte sich dann auch bestätigt. Seit ca. 30 Jahren existiert die Deutsche Demokratische Republik nicht mehr.

Letzens sah ich ein Bericht über eines unserer Impfzentren. Da schoss es durch mich wie ein Blitz.

Diesen Ort kenne ich. Ich bin mir auch sicher, dass ich an genauso einem Ort als Kind schon gewesen bin.

Und dann erinnerte ich mich.

Es war ein "KONSUM- Markt" in Nordhausen, irgendwann um 1985.

Genau dasselbe Schema.

Er existiert.

Er ist eingerichtet.

Aber es ist nichts drin.

Wow, dachte ich so bei mir.

Wenn Erich das jetzt noch erleben könnte. Der ehemalige Klassenfeind hat jetzt auch Planwirtschaft.

Er hat es ja auch in den 80ern gesagt, wir werden den Westen überholen, ohne ihn einzuholen.

So oder so ähnlich hat er sich ausgedrückt und mir wird immer mehr Angst und Bange.

Impressionen eines sonnigen Tages (11.02.2021)

Fernab von allem Wahnsinn, der sich normal denkenden Menschen, langsam kaum noch erschließen kann, habe ich heute festgestellt, dass es ein schöner, sonniger Tag war.

Am meisten genießen konnte ich die Sonnenstrahlen, als ich auf der A5 stand.

Meine Blicke schweiften von schmelzendem Schnee auf der Mittelleitplanke, hin zu den hübsch blinkenden Warnleuchten des ersten Abschleppwagens, der versuchte, sich seinen Weg durch das Mysterium Rettungsgasse zu bahnen.

Ein wahres Erlebnis ereignete sich in grellen Sonnenstrahlen, als sich die Beifahrertür des Schleppers öffnete und dieser ca. 1,90m große, bullige Typ in Warnweste dem Fahrzeug näherte, welches das Prinzip der freien Gasse, freigeistig in eigener Form interpretierte.

Was der nette Herr geschrien hat, habe ich nicht verstanden, wurde wohl auf Russisch vorgetragen.

Sehr wohl habe ich jedoch das Scheppern vernommen, trotz geschlossenen Fenstern und eingeschaltetem Radio, was wohlklingend entsteht, wenn ein hünenhafter Mann mit seinen Fäusten Autodach und Motorhaube eines PKW bearbeitet. Tatsächlich war dies offensichtlich Motivation genug für den Freigeist, auch wieder in der Herde mitzufahren.

Als weitere Schlepper und ein RTW folgten, ärgerte ich mich, dass die Fahrzeuge total verschmutzt waren.

Die Reflektoren hätten bestimmt schön in der Sonne geglänzt.

Als ich grade anfing, von 21 runterzuzählen, da ja oft ziviler Verkehr direkt die Rettungsgasse und die Geschwindigkeit der Rettungskräfte nutzt, wurde ich ebenfalls nicht enttäuscht. Heute sah ich sogar etwas für mich Neues. Retter durch, erster SUV, noch einer und dann zügig und dicht hinterher, richtig, ein Sattelschlepper.

Gut, ich kann ihm nicht verdenken, dass er die Wendigkeit seines Fahrzeugs ausnutzt.

An den hektischen Bewegungen in den Fahrzeugen um mich herum, bemerkte ich dann, dass ich mich wohl der Unfallstelle näherte. Man muss doch schließlich ein hübsches Bild vom Unfall schießen.

Ach ja, vorher war noch Reißverschluss angesagt. Zwei mal. War nur noch eine Spur frei. Hat super geklappt, also das mit dem Klettverschluss.

Also hatte ich genug Zeit einen Blick zu werfen und was soll ich sagen.

Im Sonnenlicht wirkt so ein zusammengefalteter Auflieger nicht so düster. Die Zugmaschinen waren nahezu unversehrt. Das war beruhigend, da auch nur ein Rettungswagen vor Ort war, schien es, als sei es einigermaßen glimpflich ausgegangen. Was ich bei diesem Trümmerfeld nicht vermutet hätte. Den Kennzeichen der drei Unfallbeteiligten entnahm ich die Herkunftsländer, während ich die in der Sonne blitzenden Glassplitter bewunderte. Ungarn, Bulgarien und nochmal Ungarn. Das hat mich sehr gewundert. Ich war immer der Meinung, dass gerade in diesen Ländern ausschließlich top ausgebildete Fachkräfte, mit technisch einwandfreiem Gerät eingesetzt werden. Naja, Einzelfall.

Das gleiche Schauspiel, jedoch mit keinerlei Aktion-Einlagen durfte ich dann nochmal auf der A3, Rasthof Medenbach erleben.

Ich war in Gedanken jedoch schon bei meinem Ziel. Limburg an der Lahn, hier sollte ich meine Frau abholen.

Ich muss sagen, Limburg ist an einem sonnigen Tag schon ein Erlebnis und da ich schon länger nicht mehr dort war, habe ich mich schon drauf gefreut.

Am Bahnhof vorbei, Richtung Neumarkt wurde ich dann schon etwas neidisch. So viele junge, werktätige Männer, die voller Elan ihren Feierabend feierten. Ich dachte so bei mir, dass es schon lange her ist, dass ich nach einem arbeitsreichen Tag, so gut angezogen und gut gelaunt durch die Stadt flanierte. Als ich dann in der Sonne des Neumarkts auf meine Gattin wartete, ging eine Frau Richtung Schaufenster eines geschlossenen Geschäfts. Lautstark freute sie sich. "Da bist du ja, mein Kuschelbär! Wenn die wieder öffnen, kauf ich dich!"

Da ich keine Maske trug, musste ich mich wegdrehen. Ein bisschen musste ich mich schon über mich ärgern, man lacht schließlich nicht über sowas.

Bei so viel Sonne und positiver Energie, konnte dann auch der Morgen anstehende Termin auf der Arbeit, meine gute Laune nicht trüben.

Leistungsmeldung. Manche Kollegen nennen das auch liebevoll Tribunal.

Da ich jedoch in den letzten Wochen so unendlich viel aus der Politik gelernt habe, kann mir, denke ich, eigentlich nichts passieren. Innerlich habe ich mir sogar schon eine Strategie zurechtgelegt.

Werde ich auf ein negatives Ergebnis angesprochen, antworte ich:

"Im Großen und Ganzen, ist nichts schiefgelaufen."

Die Frage nach möglichen Gründen werde ich abschmettern, in dem ich sage:

"Schuldzuweisungen bringen uns jetzt auch nicht weiter."

Abschließen werde ich dann mit folgendem Satz:

"Ich räume ein, eventuell Fehler gemacht zu haben, aber damit muss es jetzt auch mal gut sein."

Ich bin überzeugt, wenn das in der Politik funktioniert und laut repräsentativer Umfragen, ein Volk von 84 Millionen Menschen mehrheitlich mit den Politikern zufrieden ist, dann kann die Geschäftsleitung eines gewinnorientierten mittelständischen Betriebs, mit mir nicht unzufrieden sein.

Falls es jedoch in die Hose geht, habe ich mir fest vorgenommen, zukünftig alle sonnigen Tage am Limburger Bahnhof zu verbringen. Dieser Ort ist einfach toll und bei schönem Wetter, regelrecht magisch.

Der Mutantenpuffer im Superwahljahr (17.02.2021)

Das Wort "Mutantenpuffer", habe ich kürzlich in einem sogenannten Polittalk aufgeschnappt. Welcher Partei der/die VerfasserInnen dieses Wortes angehört, brauche ich, glaube ich, nicht zu erwähnen. Die Hauptfarbe dieser Partei, gleicht jedoch der Farbe der Hoffnung sehr.

Unweigerlich stellte ich mir vor, wie ein Mutantenpuffer aussieht, beziehungsweise was das sein kann. Wickelt man Schaumstoff um Betonpfeiler, an Stellen, wo viele Mutanten unterwegs sind? Kann ein Mutantenpuffer plötzlich vor einem auf der Strasse auftauchen und man baut einen Unfall??

Ich muss gestehen, dass ich mittlerweile unheimlich gerne Nachrichten höre, bzw. Polittalk anschaue. Nicht wegen dem Inhalt, sondern wegen der Polemik.

Es wundert mich, wie diese Polemik, die bei manchen so schlimm und widerwärtig ist und vor allem in den vergangenen Monaten genutzt wird, um die Intelligenz vieler Menschen zu beleidigen.

Es gibt Mutationen im Zusammenhang mit Seuche, gerne auch Epidemie
und natürlich Pandemie. Mutationen die
wie Brandbeschleuniger wirken, bzw.
Turbo, oder Raketenantrieb für Corona.

Wow!

Man könnte es jedoch auch als ver-
ändertes Virus bezeichnen. So wie man
es anno 2018 im Zuge der Grippewelle
getan hat. (viele Tote)

Nein, dies wäre ja nicht denkbar.
Mein persönlicher Favorit ist:
Erkrankter, ohne Symptome

Wow!

Also gesund, bzw. falsch getestet.
Aber um Gottes Willen, was sag ich da.

Natürlich möchte ich noch erwähnen,
dass im Zuge der Politsendung richtig
erklärt wurde, dass es nicht Mutantenpuffer, sondern Mutationspuffer heißt.
Gemeint ist damit der mutierte Inzi-
denzwert. der von der magischen 50, bis
vorletzte Woche, plötzlich zur 35 geworden ist. Nicht bekannt ist mir, ob jetzt
mit Turbo oder Raketenantrieb.

Aber mit Sicherheit ist das ein
Brandbeschleuniger.

Der Satzbeginn eines/einer Minister-
präsidentenInnen in dieser Sendung,
war dann für mich das Sahnehäubchen.
Auch hier möchte ich keine vollen Na-
men nennen. Nennen wir Ihn/Sie, einfach "Masken-Markus". Er führte aus:
"Bei aller Empathie für Einzelschicksale,
die Situation erfordert..."

Wow!

Event/Gastronomie/Freizeit/Reise/
Sport-Branche, Vereine, Einzelhandel, etc. seit Monaten dicht. Millionen
betroffen, Hunderttausende finanziell
betroffen, zehntausende Existenzen be-
droht weil keine finanzielle Unterstüt-
zung und wir reden von Einzelschicksa-
len. Da fiel mir ein, dass „Masken-
Markus" auch vor kurzem was von einer
„Corona-RAF" erzählte.

Unweigerlich dachte ich, sei froh, lieber Markus, dass du im hier und heute
leben darfst und nicht in den
70'er/80'er Jahren. Da gab es die RAF
nur ohne Corona. Aber wenn du damals,
genauso wie heute agiert hättest, wäre
dir deren Aufmerksamkeit mit Sicherheit
zu Teil geworden. Ganz klar, dass man
sowas niemandem wünscht.

Aber in einer Zeit, wo man von 16-jährigen Menschen hört, sie würden sich wie Anne Frank fühlen, weil sie ihren Geburtstag nicht mit Freunden feiern dürfen, können einem schonmal solche Gedanken kommen.

Nun dann habe ich für meinen Teil die Hoffnung, dass wirklich alle wahlberechtigten Einzelschicksale, Ihre Zeit nutzen und im Superwahljahr darüber nachdenken, wo Sie Ihr Kreuz machen.

Auf den Hund gekommen
(19.02.2021)

Da ich als Kind sozusagen mit Hunden groß geworden bin, war es für mich eigentlich schon immer klar, dass ich als erwachsener, mündiger Bürger, ebenfalls Hundebesitzer sein wollte.

Auch einige Negativ-Erlebnisse mit unseren vierbeinigen Freunden konnten daran nichts ändern.

So wurde ich im Alter von 5 Jahren beispielsweise übel von einem Schäferhund gebissen.

Davongetragen habe ich eine Platzwunde am Hinterkopf, weil ich mit selbigen auf die Straße aufschlug, als das Tier mich ansprang. In diesem Zusammenhang hatte ich eine Gehirnerschütterung, sowie zwei Bisswunden im Gesicht. Die Narben trage ich heute noch. Gott sei Dank kaum sichtbar am Haaransatz und unterhalb des Kiefers. Anfang der 80er wurde halt in der Notaufnahme auch notdürftig geflickt.

Außerdem galt sicher noch die Prämisse, der ist jung, dass wächst raus. Wenig später wurde ich dann noch von einem Dackel seitlich angesprungen und bekam einen Biss in die Hüfte. Das war aber kaum der Rede wert.

Tja, was soll ich sagen? Wie der Reiter sofort wieder aufs Pferd steigen soll, nachdem er heruntergefallen ist, so haben meine Eltern mir vermittelt, dass es kein Grund ist, jetzt Angst vor allen Hunden zu haben. Unsere Hunde sind schließlich wohl erzogen und lieb. Das Problem ist also am oberen Ende der Leine zu suchen.

Das war eine wichtige Erkenntnis und sehr lehrreich fürs weitere Leben. Leider war diese Erkenntnis der Problemfindung, offensichtlich nur den Wenigsten geläufig, als es viele Monde später darum ging, ein Sommerloch der Boulevardmedien zu stopfen. So kann ich sagen, da sich ja Ansichten und Einstellungen mit der Zeit dem Mainstream der Stimmungsmacher unweigerlich anpassen, dass ich aus aktueller, sich verfestigter Sicht, froh sein kann, überhaupt noch zu leben.

So hatten meine Eltern Rottweiler, danach einen Stafford und meine Wenigkeit, natürlich zusammen mit meiner damaligen Freundin und heutigen Frau, einen Rednose Pittbull.

Wir haben uns das Tier Ende der 90er angeschafft. Zu diesem Zeitpunkt war noch nicht bekannt, dass bestimmte Rassen der Gattung Hund, nicht nur die gefährlichsten Bestien auf diesem Planeten sind, nein, die Besitzer werden auch automatisch durch den Großteil Ihrer Mitmenschen als Asozial wahrgenommen. Ohne Kenntnis der Person ist man also Zuhälter, Schläger, Drogendealer, oder was auch immer.

Unser erster Hund hieß Dingo, er stammte aus einem Tierheim und hatte grade eine schwere Krankheit überstanden. Wegen dieser Krankheit ist er übrigens im Tierheim gelandet. Ich meine, ist doch klar, wenn so was ist, hat man keinen Bock mehr auf das Viech und gibt es weg. Er wurde uns als neun Monate alt verkauft, man hat jedoch erkannt, dass er älter, quasi fast ausgewachsen war. Er hat uns 10 Jahre lang begleitet und ich könnte hier 1000 Anekdoten über Ihn schreiben. Er war sehr gut erzogen, hat wirklich aufs Wort gehört, egal wie weit er von mir weg war, ein Ruf und er ist gefolgt. Er war nicht aggressiv gegenüber anderen Hunden, oder Menschen, jedoch hatte auch er einen Tick, da sind Hunde dem Menschen doch sehr gleich. Irgendwas ist immer. Festgestellt haben wir das bereits ganz kurz nach der Anschaffung. Er mochte einfach nicht gerne alleine sein. Wer von euch den Film Scott und Hutch kennt, kann sich etwa vorstellen, wie unsere Wohnung ausgesehen hat, als meine Frau am ersten Montag, als stolze Hundebesitzerin von der Arbeit kam. Uns war bewusst, dass Hunde mitunter Schranktüren öffnen können. Logisch, dass dann auch etwas vom Schrankinhalt nach draußen geholt und beschädigt wird. Das er aber auch seine Hundefutterdosen ohne Dosenöffner öffnet, kam überraschend. Als meine Frau dann das Trümmerfeld beseitigt hatte, hat er meinen Eltern noch die ungekochten Spätzle, welche er ebenfalls gegessen hatte, auf die Terrasse gekotzt. So hat sich über die Jahre ein regelrechter Wettkampf zwischen uns entwickelt, welchen ich jedoch nie gewonnen habe. Es war mir fast unbegreiflich, dass er immer was gefunden hat. Schuhe fressen und Mülleimer ausräumen sind ja quasi Klassiker.

Türgummis rausziehen und fressen, Zeitungen zerfleddern gehen auch noch als normal durch. Einen Stuhl umwerfen und ein Stuhlbein abnagen ist aber schon spezieller. Als ich dachte, ich hätte die zündende Idee, ihn in die

Garage zu verfrachten, wenn wir nicht zu Hause sind, wurden wir ebenfalls eines Besseren belehrt. Er hat sich dann aus lauter Langeweile, dem dort lagerndem, 5-adrigen, 32A Starkstromkabel angenommen. Kurzum sah es im ersten Moment so aus, als hätte jemand das Kabel alle 10cm mit einer Blechschere durchgeschnitten. Den einzigen, kleinen Sieg konnten wir feiern, als er die Schachtel Mon Cherie gefressen hat, die wir liegen lassen haben. Danach war er nämlich besoffen und wir hatten unseren Spaß. Unvergessen auch der Samstag, als ich Ihn mit zu meiner Schwiegeroma nehmen musste. Ich habe dort am Haus gearbeitet und war im Glauben, der große und gut eingezäunte Garten ist ein guter Zeitvertreib. Das war auch richtig, Er hat sich ihren Fliederbaum vorgenommen. Die Rinde war komplett abgeschält und auf einer Höhe von 2 Meter,

war kein Ast mehr am Baum. Oma war begeistert, was Dingo so alles konnte.
Die Zeit zog ins Land und wir schrieben das Jahr 2002, als menschlicher Nachwuchs ins Haus stand.
Mittlerweile hatte Dingo seine Metamorphose zur reißenden Bestie ebenso abgeschlossen, wie meine Frau und ich zu Asozialen. Was viele Mitmenschen über uns redeten, weil wir immer noch

diesen gefährlichen Hund hatten, obwohl Nachwuchs ins Haus steht, brauche ich nicht zu erwähnen.

Die Hundesteuer wurde angehoben und die Berichte über sogenannte Kampfhunde wurden immer skurriler. Das störte mich grundsätzlich wenig, ich hatte einen Sachkundenachweis, der Hund war gut erzogen und einen besseren Beschützer für sein Kind gibt es nicht. Es war sehr hilfreich, wenn er sich immer dann vor die Wiege, oder den Kinderwagen gestellt hat, wenn wieder jemand meinte, er müsse mit seinen Griffeln an dem Säugling rumpopeln.

Eine Anekdote zur Reaktion unserer Mitmenschen auf unseren Dingo, muss ich noch zum Besten geben.

So ging ich an einem Sommerabend
zum Spaziergang in meinem Heimatdorf
an der Lahn entlang, an einem dort an-
kernden Boot vorbei. Plötzlich hörte ich
vom Deck eine Kinderstimme laut rufen:
"Iiihh Mama, kuck mal, ein Kampf-
hund!" Ich blieb unvermittelt stehen,
ging in die Hocke neben unseren Hund
und rief zurück: "Iiih Dingo, kuck mal,
ein kleines, blödes Kind."
Die Mutter holte daraufhin ihr Kind, mit
leicht irritiertem Blick unter Deck.

Leider war dann, in den späten
2000ern seine Zeit gekommen und wir
mussten Abschied nehmen.

Das war für uns alle sehr schlimm,
da es kaum zu beschreiben ist, wie einem so ein Tier ans Herz wachsen kann.
Als er binnen drei Tagen plötzlich total
abgebaut hatte, war klar, dass es mit
Ihm zu Ende ging. Ich konnte irgendwie
für einen Moment mit der Situation
Frieden schließen, als ich merkte, dass
er freiwillig in die Tierarztpraxis ging.
Das war undenkbar, als er noch fit war.
Ich hatte das Gefühl, dass auch er
merkte, dass seine Zeit um war. Meine
Frau hielt Ihn in den Armen, als er
die Betäubungsspritze bekam. Ich
löste Sie ab, als er die Spritze bekam, die

sein Leben beendete. In diesem Moment habe ich für mich beschlossen, dass ich so etwas nie wieder erleben möchte. Wir haben Ihn dann später in unserem Garten begraben, wo er bis heute seinen Ehrenplatz hat.

Über den Autor

Björn Lukas wurde geboren am
29.03.1977 in Limburg an der Lahn.
Derzeit wohnt er in Laurenburg
an der Lahn. Laut Björn das schönste
Dorf der Welt und Mittelpunkt des Uni-
versums. Geboren wurde er als Sohn gut
bürgerlicher Eltern. Aufgrund der 68er
Bewegung, den wilden Siebzigern und
weitern Umständen, ist er der jüngste
Spross einer Patchwork Familie (Beide
Elternteile waren vorher unglücklich
verheiratet, haben sich dann gefunden
und sind jetzt 43 Jahre lang glücklich
verheiratet). Seine Schulzeit endete 1992
mit dem sogenannten Hauptschulab-
schluss (Es gab Zeiten, wo man sich dafür nicht schämen musste). Da erforder-
liche Intelligenz vorhanden war, wurde
der Besuch einer weiterführenden Schule geplant und beschlossen, scheiterte
jedoch an seiner Geldgier. Also
Ausbildung im Stuckateurhandwerk
(Vormals Stukkateur geschrieben). Abschluss mittelprächtig, da
Interessenkonflikt (Berufsausbildung
kontra weibliche Wesen, Alkohol, Mo-
ped), trotzdem Geselle im

Stuckateurhandewerk. Als Anfang-
Mittdreißiger nebenberufliche Weiterbil-
dung zum Meister im Stuckateurhandwerk. Abschluss mit Bravour, da keine
Interessenkonflikte mehr vorhanden.
Im Anschluss Arbeitskleidung und
Werkzeug, gegen Schreibtisch und Com-
puter getauscht.
Ergo Verwandlung zu einem derer, über
die er vorher jahrelang geschimpft hatte.
Seit seinem elften Lebensjahr geht er
ebenfalls seiner Begeisterung für den
Kampfsport nach. Erster Trainer war
sein Vater (Taekwon-Do). Als Spät-Teen
ernsthafte, konsequente Ausübung in
einer Taekwon-Do Schule,
schleichender Übergang zum Kick-
Boxen. Im Verlauf, nebenberufliche Er-
öffnung einer Kampfsportschule. Als
sehr passabler Kämpfer viele Titel ge-
sammelt, parallel als passabler Trainer
viele Schüler zu Titeln geführt. Im Verlauf der Zeit (Altwerden), schleichender
Übergang zur Kampfrichter- und Funk-
tionärsebene. Ergo, auch im Sport war
er zu einem derer geworden, über die er
jahrelang geschimpft habe. Offensichtlich ist er ein Wendehals.

Das Beste zum Schluss. Mit 17 hat er seine große Liebe kennengelernt, mit 19 nach etlichem Liebeskummer ist er mit Ihr zusammengekommen, mit 23 geheiratet und mit 25 stolzer Vater einer Tochter.

Wie seiner Vita zu entnehmen ist, ist er seinen Weg gegangen, auch wenn er steinig war. Das Leben hat ihn oft in eine harte Schule geschickt. Mit einer tollen Frau an seiner Seite und einer tollen Tochter im Nacken, kann man schließlich auch schier unmöglich scheinende Dinge möglich machen.

Lieblingszitat über mich: "Mit dir zu tun zu haben ist nicht leicht. Du bist nicht nur hart zu dir selbst, du bist auch hart zu anderen."

Sein Motto: "Die Erde dreht sich seit 5 Milliarden Jahren, aktuell bist du einer von 8 Milliarden Menschen. Denk darüber nach, bevor du glaubst, über Anderen zu stehen."